KB206393

# 길을 걷다

오현숙 시집

문학
바탕

길을 걷는다.
걷다 보면 사람들을 만나고
시간마다 다른 풍경도 만난다.
또 다른 길도 만난다. 지나온 갈림길마다
가보지 않은 길에 대한 그리움이 남는다.
우리는 늘 길가에서 서성이며 그리워하고
길가에는 서늘한 바람이 불어온다.
바람 부는 길을 견디어 낼 수 있는 것은
매서운 겨울 추위 속에서도
여문 꽃눈을 틔우는 매화처럼
다시 봄이 올 것이라는 믿음 때문이다.
함께 걸으면 새로운 길이 되고
그 먼 데까지 닿을 수 있다는 믿음으로
길을 걷는다.

2020년 5월 7일
오 현 숙

# 1부

## 길을 걷다

# 2부

등
뒤
의
풍
경

# 3부

변
환
점

# 4부

마
음
에

꽃

심
다

1부

길을 걷다

깊은 겨울바람 속에서도
봄이 오고 있다는 생각만으로
봄이 가까워진다.

– 「보이지 않는 것의 힘」 중에서

# 보이지 않는 것의 힘

깊은 겨울바람 속에서도
봄이 오고 있다는 생각만으로
봄이 가까워진다.
그가 오고 있다는 믿음이 길 끝에서도
꽃을 피워낸다.
가만히 눈 감으면 어느새
향기가 가득하다.

정말 소중한 것은
기다리는 그 마음 그가 올 거라는 그 믿음
여린 새순의 그 큰 생명력
보이지 않는 것을 느끼는 힘이
우리를 아름답게 한다.
우리를 살아있게 한다.

마음을 빼앗긴 사람들은
욕망을 위해
갈림길마다 헤어져 가고


길 잃은 사람들만이 남아 길을 걷다
길 찾는 사람들끼리 부딪기며 길을 걷다
빌딩 숲속 길을 걷다.


– 「길을 걷다」 중에서

# 길을 걷다

숲을 지나 물가에 뿌리내린 나무들처럼
위태로운 매혹으로 서 있는 빌딩 숲

거미줄처럼 뻗어 있는 길을 걷다

어느 신호등에선가
나 그대 손을 놓아 버렸는지
기억도 인파 속으로 흘러가고

머리 위 광고판에서는
벌레의 촉수처럼 끈끈한 언어들이
끊임없이 쏟아져 나와
사람들의 시선을 붙잡고

마음을 빼앗긴 사람들은
욕망을 위해
갈림길마다 헤어져 가고

길 잃은 사람들만이 남아 길을 걷다
길 찾는 사람들끼리 부딪기며 길을 걷다
빌딩 숲속 길을 걷다.

지나온 그 길을 다시는 갈 수 없었네.

# 9월 햇살

햇살이 풍경(風磬)을 때린다.

호박넝쿨이 넌출 추임새를 넣고
바람이 짜르르 부서져 내린다.
사무치도록 시린 푸르름으로
온 하늘을 물들인다.

성근 밤송이가
"톡"
한 세월을 긋는다

겨울에도 헉헉 숨이 막히는 비닐집 안에서
사철 피워내던 요염한 꽃들 속에
반백의 머리도 꽂인 줄 알았네.

-「이주」중에서

# 이주

마른 들풀들 바람에 몸 부비며
온기 나누는 겨울 들판 속
한 사내 떠나가며 채 걷지 못한 비닐집 안에
남겨둔 베고니아 화분 하나 밤새 내린 서리에
흰 꽃으로 다시 피었네.

겨울에도 헉헉 숨이 막히는 비닐집 안에서
사철 피워내던 요염한 꽃들 속에
반백의 머리도 꽃인 줄 알았네.

어디 간들 그만한 꽃 못 피우랴.

토질 비옥한 곳에 뿌리내리면 꽃들은 또 자라겠지
꼭꼭 찍어나간 발자국마다 민들레 새움이 돋아나오고

# 천천히 걸어요

천천히 걸어요.
천천히 걸으니 나뭇잎 사이로 비추는
햇살이 느껴지고

천천히 걸으니 길가에 핀 풀꽃을 흔드는
바람이 안겨 오네.

천천히 걸으니 그대 숨결이 편안하고
이제까지 너무 숨 가쁘게 달려온 길
천천히 걸으니 먼 데 풍경이 보이네.

천천히 걸으니 그 먼 곳까지 갈 수 있네.

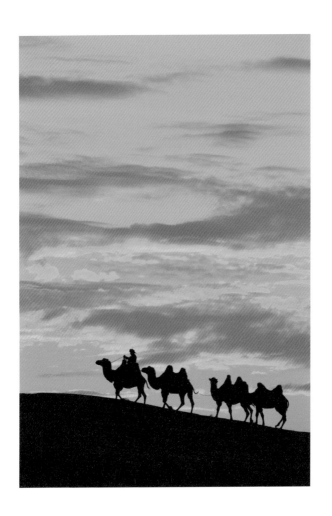

속도가 아니라 방향이다

낙타 사막을 걷다.


– 「낙타」 중에서

# 낙타

사막을 건너다.
모래 폭풍이 몰아치는 사막 바다를
묵묵히 걷다

등에 두 개의 혹처럼 굴곡진 삶의
경계를 넘어 걷다

사막 건너에 있을 그 무엇도
아무것도 아닌 지금 사막에서는
지도가 아니라 나침판이 필요하다.*

속도가 아니라 방향이다
낙타 사막을 걷다.

* 사막을 건너는 여섯 가지 방법(스티브 도나휴 지음)
'모래사막에서는 지도가 아니라
나침반을 따라가라(33p)'를 인용

# 비개인 아침 뜰

채송화 잎 사이에서
위태로이 출렁이는 거미줄을
살짝 들어
흰 찔레꽃 가지로 옮겨주었다.
이제 좀 덜 흔들리고
편안해 보이는 건 내 생각뿐일까?

순식간에 다른 시공간으로 옮겨진
거미는 얼마나 놀라고 황망했을지

그의 집을 순식간에 옮겨준 나는
거미에게 또 다른 우주다.

# 2부

등 뒤의 풍경

드디어 팽팽히 맞선 하루

윤이월 봄꽃들이 일제히 피어난다.

- 「춘분」중에서

# 춘분

낮과 밤의 길이가 똑같은 하루

365일 매일 조금씩 낮이 짧아지다
밤이 깊어지다 하면서 균형을 맞추다.

드디어 팽팽히 맞선 하루
윤이월 봄꽃들이 일제히 피어난다.

들판 씨앗들 단단히 뿌리내리고
한 살이 살아내려 깨어나다.

# 보고 싶다고 했더니

보고 싶다고 했더니
흰분홍 연분홍 진분홍
진달래 꽃잎에
봄이라고 써 보냈다.

봄은 항상 처음이다
늘 설렌다
내 마음과 머릿속
온통 진달래색이다.

보고 싶다고 했더니
흰분홍 연분홍 진분홍
그리움 물들인 진달래 꽃잎에
봄이라고 써 보냈다.

# 어머니의 기도

나는 기도할 줄 몰라
하나님께 중언부언 할까봐
그저 감사합니다.
범사에 감사합니다 기도한다.
수천 번 수만 번 하셨을
팔순 어머니의 기도

어머니 마음에야
왜 눈물이 한숨이 슬픔이 고이지 않았으랴
그럼에도 언제나 감사를 기도하는 어머니

늘 평안을 건강을 화해를 공의를
구하기만 했던 나의 기도가 얼마나
중언부언인지 부끄럽다

서툴게 말을 배울 때처럼 어머니께
기도하는 마음부터 배워야겠다.

범사에 감사합니다.

기차를 놓칠까봐
앞만 보고 무심하게 기다리는 그 시간
정말 중요하고 아름다운 것들은
등 뒤로 지나가 버린 것은 아닐까.


– 「등 뒤의 풍경」 중에서

# 등 뒤의 풍경

눈부시게 황홀한 노을이었다.

수원역에서 서울 가는 기차를 기다리다가
문득 뒤돌아본
등 뒤의 풍경 속에서 타오르고 있던 한순간

저렇게 아름다운 풍경을 두고 나는
늘 기차가 오는 플랫폼만 바라보고 있었네.

기차를 놓칠까봐
앞만 보고 무심하게 기다리는 그 시간
정말 중요하고 아름다운 것들은
등 뒤로 지나가 버린 것은 아닐까.

지나간 풍경 속의 수많은 순간들
아! 꼭 한 번만 놓쳐버린 그 시간 속으로
돌아갈 수 있다면
그에게 사랑한다고 말해야겠다.

그리움으로 노을이 타오른다.
저 불꽃 속으로 뛰어들고 싶다.

# 봄 산

두견이
온 밤을 울고

진달래
열에 들떠 산 갈피마다
각혈을 토해내고
가슴이 조여오는 아린 빛깔로
다가오는

봄.
산.
그대.

# 꽃들이 저렇게 져 내리는

어머니 머리에 꽃이 피었습니다.

귀밑머리까지 하얗게 피어난 세월 꽃
어머니의 여윈 두 팔이 꽃받침처럼
떠받들고 있습니다.
바람이 불 적마다 흔들리며
져 내리는 꽃
저 바람을 바람처럼 지나는 세월을
내 가슴으로 받아낼 수 있다면
아! 꽃들이 저렇게 져 내리는 것을
멈출 수만 있다면
어머니 머리에 핀 하얀 세월꽃

# 이력서

이력서를 새로 씁니다.

그 오랜 시간들이 축지법을 쓴 듯
지난 삶이 한 줄의 이력으로 남았습니다.

이력서를 새로 씁니다.

한 줄의 이력으로 남은 지난 시간 속에서
푸른 잉크색처럼 빛나던 순간 기억하려
몇 번이고 또 고치고 다듬으면서

이력서를 새로이 씁니다.

그 작은 공간 그의 잠자리 그의 세계가

너무나 바빠 그가 보이지 않는 사람들의

바쁜 발걸음에 밟히고 있고


그는 또 하루를 시작하러 자리를 떠난다.


– 「노숙」 중에서

# 노숙
-회현 지하차도에서-


밤 어둠이 깊어지면
귀가 시간에 쫓긴 사람들이 서둘러
지하철역 안으로 사라지고
계단 아래 불빛 적은 곳에 그는
잠자리를 편다.

신문지 한 장에 고단한 몸을 가리고
애써 잠을 청하면
신문 주식시세표의 화살들이 우루루
머리 위로 쏟아져 꿈속을 흔든다.

꿈속에서도 아내의 여윈 등이 안쓰러워
자꾸만 이불을 끌어 덮어주다 잠이 깨면
반쯤 찢어져 뒹구는 날짜 지난 일간신문

그 작은 공간 그의 잠자리 그의 세계가
너무나 바빠 그가 보이지 않는 사람들의
바쁜 발걸음에 밟히고 있고

그는 또 하루를 시작하러 자리를 떠난다.

별이란 별은 모두

땅에 내려와 저렇게 반짝이고 있는데

도시의 사람들은 왜 이렇게

무심하게 오고 가는 것일까


– 「별」 중에서

# 별

별이 없다. 서울 하늘에

찬찬히 찾아보면은
별들은
가로등에도 내려와 있고
자동차 머리등에도 매달려
어디론가 어디론가 가고 있다.

별이란 별은 모두
땅에 내려와 저렇게 반짝이고 있는데
도시의 사람들은 왜 이렇게
무심하게 오고 가는 것일까

가로등에 매달려 졸고 있는 별 하나
하늘에 달아주고 싶다.

다시 별 빛나게 해 주고 싶다.

# 양파를 벗기면서

노을빛 껍질 벗기면 눈부시게 드러나던 흰 속살
독한 그 향기에 취해 어머니 눈물 흘리셨지.
양파향 보다도 진하게 삭인 설움 피워내던 그 자리에
이제는 내가 앉아 겹겹이 감춘 양파 속살 같은 세상사
한 꺼풀씩 풀어내고 있네.

3부

변환점

마침표 하나 뒤에 숨어있는

빛과 어둠

- 「변환점」 중에서

# 변환점

형광등 스위치의
까만 꼭짓점을
톡
건드리자

밤 12시
하루만큼의 세월이 순간
암흑 속으로 사라진다.
붓으로
쓰윽 지워 버린다.

창 안으로
왈칵 흘러드는 달빛을 타고
실루엣 같은
또 다른 시간이 문을 연다.

마침표 하나 뒤에 숨어있는
빛과 어둠
時空

나비의 날갯짓처럼 저리도
화사한 빛깔의 소리가 보인다.


– 「수어(手語)」 중에서

# 수어(手語)

손끝에서 소리가 들린다.

마음을 울리는 천둥소리로
진달래 필 무렵 두견이 울음소리로
저리도 아릿하게 아름다운 소리가 들린다

손끝에서 소리가 보인다.

나비의 날갯짓처럼 저리도
화사한 빛깔의 소리가 보인다.

손끝에서 소리가 피어난다.

모든 잎이 꽃이 되는 가을* 단풍으로
온 산을 태우고 강물마저 붉게 물들이는

그립다고 미쳐 다 하지 못한 말
손끝에서 풀어져 그대에게로 가 닿는다.


* 노벨상을 수상한 프랑스 작가 알베르 카뮈
'모든 잎이 꽃이 되는 가을은 두 번째 봄이다' 중 인용

이 비 그치면 꽃이 다 지겠네.

- 「봄비」 중에서

# 봄비

이 비 그치면 꽃이 다 지겠네.

땅에 떨어져 널린 여린 빛깔의 꽃잎 속에 서서
눈밭에 서 있는 듯 발끝이 시리다.

숨이 멎는 것 같다.

사랑을 져버리는 것이 어디 꽃뿐이랴
꽃잎 진 자리마다 상처처럼 새순이 돋아나오고
마음의 꽃 진 자리에 비가 흐른다.

하늘과 땅 사이를 잇는 봄비 속에 서서
강물보다 깊은 그리움을 앓는다.

# 편지

아지랑이 속에 꽃 피던 날에야
그리 속절없이 꽃이 지는 줄 몰랐습니다.

지는 꽃잎보다도 더 아픈 내가
신열에 들떠 그대를 보냅니다.

그대 가신 곳
그곳은 편안하신가요.

언젠가 노란 나비 한 마리
날아들거들랑
내가 보낸 소식인 줄 알기나 알는지요.

파란 수세미 빛깔이
꽃보다 눈부시다.


– 「겨울 바다 1」 중에서

# 겨울 바다 1


그는 헤엄쳐 간다.

사람들이 무시로 오가는 시장 바닥이
그의 바다다.

파도 소리 같은 음악 소리를 흘리며
흐느적거리는
고무다리를 지느러미처럼 움직여
헤엄쳐 가는 그의 등짐에

파란 수세미 빛깔이
꽃보다 눈부시다.

나의 꼬깃한 천 원짜리와
그 눈부신 파란 수세미가
바꿔지는 순간

풀잎같이 여린 그의 눈빛이
내게로 묻어와
가슴 저리게 한다.

그에게는
결코 들켰을 리 없는
부끄러운 욕심의 찌꺼기를
파란 보풀이 일도록
아프게 문지르게 한다.

# 겨울 바다 2

사람 가득한 시장 바닥에서
나 바다를 보았네

지느러미같이 이어진 고무다리로
노를 저으며
온몸으로 돛을 세우고
진흙탕 속 인파(人波)를 거스르며
이 풍진 세상 물살
깊은 바다를 건너는 수세미장수

등짐에 진 푸른 수세미 일렁일 때마다
바다 빛 햇살이 부서져 내리고
아주 오래된 라디오에서 흘러나오는
노랫말들을 듣기는 했을까

시장터 바닥 그저 그 사내 앞에서
물살처럼 흩어지는 사람들 속에서
나는 우리는 그의 깊은 삶의 바다
그 깊이를 알 수는 있을까.

# 꽃피는 그 시간

배롱꽃이 붉게 피어나
꽃피자 여름이 활짝 열립니다.

또 다른 시간 너머로
나 걸어 들어갑니다.

꽃피는 그 시간 그대 있는 곳

# 말(馬)


모딜리아니의 여인들을 닮은 얼굴
검은 진주 눈동자는
먼 데 거친 들판의 풍경을 담고 있다.

바람에 날리는 갈색 갈기
산의 뼈대처럼 흔들림 없는 완고한 골격
힘껏 차오르면
어쩌면 천상(天上)까지 닿을 수 있겠구나

이 가을 날
눈 감고 바라보면
엄마의 머리에도 새하얀 꽃이 피었다.


- 「가을 꽃」 중에서

# 가을 꽃

꽃보다 단풍이 더 아름다운 걸
이제야 알았구나

일흔을 훌쩍 넘긴
엄마의 짧은 탄식에
앞산 산등성이가 붉게 타오른다.

마을 앞 지키며 서 있는
주름 깊게 패인 은행나무 가지마다
수천의 노오란 나비 떼가
날아오를 채비를 하고 있는데

이 가을 날
눈 감고 바라보면
엄마의 머리에도 새하얀 꽃이 피었다.

눈이 부시다.

엄마의 머리 위에 내려앉은
흰 뼈 같은 세월의 무게
얼굴 위에 살짝 핀 검버섯이여

꽃보다도
단풍보다도
더 아름답구나.

4부

마음에 꽃 심다

바람 부는 날 도시의 숲에서는

바다 내음이 난다.


– 「숲이 울고 있다」 중에서

# 숲이 울고 있다

도시는 숲이다.

메마른 아스팔트 위에 뿌리내린
사람들이 꽃처럼 살아간다.

바람 부는 날 도시의 숲에서는
바다 내음이 난다.

엘리베이터 안으로
하얀 포말처럼 와이셔츠 깃을 세우고
밀물처럼 떠밀려 들어간 사람들이

땀에 절어 짭짜름한
바다 내음을 풍기며 썰물처럼
쏟아져 나오며 아픈 신음소리를 내도

그저 우리는 바람 소리로만 듣는다.
아무도
사람들이 아픈 것을 알아채지 못한다.

숲이 울고 있다는 것을 알지 못한다.

# 겨울나무

눈부시게
아름답던 한 생애를
스스로 불태워
소신공양인 듯
온갖 色을 밝히더니
찬란한 잎을 떨구고
알몸이 되었구나.

또 다른 生을 위해
나를 버리는구나.

# 들꽃

비닐 온상에서 자란 꽃들이
시도 때도 없이 향기도 없이
지천으로 피어나도

길가에 들꽃 한 송이
발끝에  채이면서도
홀로 제철을 지켜내고 있다

# 가을 숲

가을 숲속은
고추처럼 맵싸하고 치자처럼 알싸한 세월들이
어둠속에 하나 둘 등불이 켜지듯 색을 태우며

온 산을 불꽃으로 물들입니다.

# 몸살

삭신이 흐물흐물 가문 땅 단비 들이듯
어둠 속으로 녹아내리고
뼈 마디마디 돌로 누르는 듯
자꾸만 가라앉는 꿈속에서 보이는 어머니 모습
열꽃 핀 입술을 그 젖가슴에 묻고
이대로 죽어지고 나 이렇게 앓고 일어나면
삶의 또 한 구비 훌쩍 넘어서려나

살찐 비늘을 몸부림쳐 털어내며
죽은 듯 사위어 가는 어항 속 물을
흔들어 깨운다.

– 「어항속의 물고기」 중에서

# 어항속의 물고기

수초 속에서
귀뚜라미 소리처럼 부풀어 오르는
산소방울을 마시며
좁은 어항 속 부자유에도 길들어 간다.

쉼 없이 떠오르는 은빛 공기방울들
마시지 않으면 죽을 것 같은 금단현상
먼 바다까지 튀어 오르고 싶지만
막혀있는 유리벽 어항 속에서

살찐 비늘을 몸부림쳐 털어내며
죽은 듯 사위어 가는 어항 속 물을
흔들어 깨운다.

# 산수유

지난 가을 아프게 져 내린
이별의 자리마다
봄 햇살
터질 듯 부풀어 오르며
깨어나는 나무 온몸에
노오란 약속을 달고 서 있다.

# 그대가 있어

그대가 있어
우리가 살아갈 수 있습니다
삶을 견뎌낼 힘이 생겼습니다

삶과 죽음의 경계
혈육도 지킬 수 없는 코로나 19 병상에서
자신의 목숨을 방패로 싸우는 의료진

장애인 환자와 공동격리를 선택한 활동가
119대원 방역공무원 자원봉사자
함께 연대하고 지지하는 시민
그대가 있어 우리는 이겨낼 수 있습니다

코로나 19는 우리에게
인종도 국적도 신분도 빈부도 그 무엇도
피해 갈 수 없는 삶의 진실을 깨우치게 했지만
그럼에도 우리에게
그대가 있어 희망의 빛이 보입니다

그대가 있어
고맙습니다  존경합니다  응원합니다

# 마음에 꽃 심다

그대가 보내준 노란 호접란 화분
시들어 꽃 질라
마음에 옮겨 심었네.

# 길을 걷다

**초판 1쇄 발행일**  2020년 5월 15일

**지은이**  오현숙
**펴낸이**  곽혜란
**편집장**  김명희

도서출판 문학바탕

**주소**  (06151) 서울시 강남구 테헤란로 323 휘닉스빌딩 1008호
**전화**  02)545-6792
**팩스**  02)420-6795

**출판등록**  2004년 6월 1일 제 2-3991호

**ISBN**  979-11-86418-49-9          03810

**정가**  10,000원

이 도서의 국립중앙도서관 출판예정도서목록(CIP)은 서지정보유통지원시스템
홈페이지(http://seoji.nl.go.kr)와 국가자료종합목록 구축시스템(http://kolis-net.
nl.go.kr)에서 이용하실 수 있습니다. (CIP제어번호 : CIP2020018437)